누가 시켜서 피는 꽃

KB193285

이서화

강원도 영월에서 태어났다.

2008년 『시로 여는 세상』을 통해 시인으로 등단했다.

시집 『굴절을 읽다』 『낮달이 허락도 없이』 『날씨 하나를 샀다』 『누가 시켜서 피는 꽃』을 썼다.

파란시선 0149 **누가 시켜서 피는 꽃**

1판 1쇄 펴낸날 2024년 10월 20일
지은이 이서화
인쇄인 (주)두경 정지오
디자인 이다경
펴낸이 채상우
펴낸곳 (주)함께하는출판그룹파란
등록번호 제2015-000068호
등록일자 2015년 9월 15일
주소 (10387) 경기도 고양시 일산서구 중앙로 1455 대우시티프라자 B1 202-1호
전화 031-919-4288
팩스 031-919-4287
모바일팩스 0504-441-3439
이메일 bookparan2015@hanmail.net

ISBN 979-11-91897-88-3 03810

값 12,000원

누가 시켜서 피는 꽃

이서화 시집

시인의 말

어딘가에 집 하나를 두고
늘 걱정한다

집이란 걱정을 모아 놓은 곳
또 무슨 걱정을 하려는지
집을 보러 다닌다

마당에 사과나무가 있는 집
떨어진 사과를 줍는데
파랑과 빨강 둘 다 머뭇거린 색이다
모두 성급했거나
제철을 잊은 것들만 같다

걱정으로 들어가
걱정을 잊으려 한다

차례

시인의 말

제1부
밀봉 - 11
두 개의 별 사이 - 12
세상의 군락지 - 14
골목이 하는 일 - 16
느티나무에 숨다 - 17
중간이라는 말 - 18
손톱 일기 - 20
붉은 감옥 - 22
화석 - 24
숨을 껴안다 - 26
길을 잃는다는 것 - 28
믿는 것들 - 30
폴리 혼방 - 32
장 씨 - 34

제2부
속을 모르겠다 - 39
별일 - 40
사라진 목록 - 42
당간지주 - 44
거꾸로 울고 싶은 길 - 46
여름 속에는 - 48
같은 값 - 50

예상했던 일 - 52

목련 - 54

눌변 - 56

곰팡이의 날 - 58

벌레 도서관 - 60

이를테면 흙탕 - 62

웃음 고르기 - 64

제3부

벗겨진 힘 - 69

집은 외출 중 - 70

목단 - 72

감자 - 74

어떤 이름 - 76

사람의 온도 - 78

그 방에 나타난 것들 - 80

봄 한 채 - 82

수상한 울음 - 84

파묘(破墓) - 86

그리고 며칠 후 - 88

식전 - 90

뒤집어지는 일 - 92

체념 - 93

제4부

물을 갈다 - 97

방생(放生) - 98

오후의 어시장 - 100

너울 파도 - 102

테우 - 104

온다는 말 - 106

물꽃 - 108

물의 시속 - 110

축산항 - 112

말라 간다 - 113

북어 - 114

달의 시간 - 116

겨울 강 - 118

같은 날의 꽃 - 120

해설

송현지 이종(異種) 군락지 - 122

제1부

밀봉

소나기가 날씨를 열고
질퍽질퍽 잠겨 있다 간 흙길
잠깐 방심했던 얼굴
여름의 발
황급히 돌아 나온 진창에
밀랍으로 봉한 편지봉투처럼
발 한 짝 난처함이 굳어 있다

소나기의 다급함이 남은 안쪽
고양이 발자국이
꿈틀거리다 간
구름의 촉수도 밀봉되었다

흙 묻은 한쪽
밀봉이 풀리길 기다린다
다시 소나기 내리고
자동차 바퀴가 읽을 때까지
굳었던 서쪽 하늘이
검게 풀려나올 때까지

두 개의 별 사이

별은 우주 공간에
몸을 매어 두고 있다

너무 멀어서 어쩔 수 없는 그쯤
현재라는 시간으로 버려져 있다
멀리 빛나는 두 개의 별 사이에
내가 있다고 생각했다
어른이 된 지금도 그렇다
별이 늘 한자리에 머무는 것은
줄다리기할 때처럼
어쩔 수 없는 두 개의 힘

저 별빛은
아득한 먼 곳에서 온다
먼 곳의 빛 그 끝이나 처음쯤에서
가깝게 혹은 또 멀게 서 있다
멀리멀리 가면서 사라지는
별의 일생
도착도 돌아갈 곳도 없는 빛의 일생이라면
그런 별빛의 종착을

자처하고 싶지만
내가 서 있는 이곳에 내려서지 않는
빛은 내가 살아서는 닿지 못한다

어쩔 수 없는 두 개의 별 사이
그곳은 가만히
서 있기 딱 좋은 곳이다

세상의 군락지

모여 있는 이유를
한 번쯤 물어야 한다

백 년 전 황토현이 그랬고
아우내 장터가 그랬고
지구의 모처들이 그랬듯

자작나무들이
자발적으로 모여 있다

모여든다는 것
장미 넝쿨이 담장으로
폭죽 터지듯 피는 여름이 그렇고
다랑논과 밭이 그렇고
넓이를 따지지 않는 계절이 그렇다

자작나무 숲을 보면
세상의 것들 대부분
차선에서 최선을 다하고 산다
서로 같은 처지를 곁에 두고

희끗희끗 위로하고
위로받고 있다

골목이 하는 일

—

  골목은 조용하지만 예기치 않은 일들이 불쑥 튀어나옵니다 골목의 간섭은 키가 아주 커서 담을 넘겨다보곤 했지만 요즘은 전부 앞을 보고 있습니다 그러니 뒤는 모르는 일이지요 모르니까 궁금하지요

  골목의 뒤가 어떻게 생겼는지 알 사람은 다 압니다만 때론 자신들의 뒤와 슬쩍 견줘 보기도 하는 것입니다 앞은 갈수록 새로운 것이 사라집니다 아니 익숙해집니다 그럴 땐 아주 조금 드러난 뒤쪽도 새로운 것인 양 호들갑을 떨어 댑니다 뒤쪽은 참 재미도 있고 신기하기도 합니다

  부피가 큰 소문들은 큰길로 지나가고 좁은 소문들만 골목을 지나갑니다 서로 잘 안다는 것은 각자의 뒤를 잘 알고 있다는 뜻입니다 창문 밖 사람들은 유리의 속도로 지나칩니다 그리곤 창문 안을 곁눈질로 힐끗 봅니다

  오래된 마음이 서성이고 간판들의 하루가 지나갑니다 골목이 하는 일은 무심한 것을 무심하게 간섭하는 일입니다

—

16

느티나무에 숨다

느티나무에 웬 소리가 난다
쳐다봐도 보이지 않고
짙은 이파리 어디쯤 숨겨 놓은 것으로 보아
맴맴 저 소리는
늙은 느티나무의 애인이 분명하다

쓸쓸하고 을씨년스러운 계절에는
애인도 없다가
새파란 육체
그 초록 속에 들어 있는
넓은 방 하나 있겠다 싶은 여름
사람들이 꼬인다

시끄럽다
방과 방을 수리하는 드릴 소리만큼이나
넘실넘실 잔가지들
초록 수염처럼 희희낙락이다

나 다시 스무 살이라면
저 방에 놀러 가고 싶다

중간이라는 말

중간은 쉽게 도출된다
쉽게 뭉쳐지고 흩어진다
각자 끌고 온 거리를 버리는 일은
늘 중간에서 일어난다

다 같이 달려온 곳이
중간이라면
그보다 더 긍정적일 수 없다

우리는 모여서
앞과 뒤를 이야기했다
소리에도 중간이 있다면 고요가 앞일 것이다
누구는 옆으로 끼어들었지만
금방 앞이나 뒤가 되었다
누구는 앞을 목전에 두고
또 누구는 뒤에 퇴로를 두고 있지만
뒤쪽에 중간을 숨겨 놓고 있다

우리는 모여서 중간을 나누었지만
깜빡하고 중간을 두고 간 사람과

제 것인 양 들고 간 사람을 흉보기에 바빴다

앞으로 달려온 중간에서 각자 뒤돌아갔다
그곳 또한 각자에겐 앞이었다
앞은 어디를 향해도 앞이었고
또 어디에도 있다

손톱 일기

― 　　매는 발톱으로
　　　먹잇감을 낚아챈다
　　　바람이 잔뜩 들어 퍼덕거리는
　　　공중의 힘으로
　　　지상의 속도를 움켜쥔다

　　　산과 산을 연결한 구름다리 위
　　　난간을 잡는 내 손엔 힘이 들어간다
　　　두려움을 움켜잡은 힘
　　　허공의 아찔한 높이를
　　　꿀꺽 삼킨다

　　　새들의 발톱은 대부분
　　　공중에서 자라난 것
　　　발톱들은 사냥감이 있고
　　　낙화 지점을 엿보는 공중 운행 중엔
　　　발톱도 몸통 속에 숨겨 두지만
　　　사람은 손톱을 숨길 곳이 없다

― 　　움켜쥐는 것은

자신의 마음을 쥐는 일
손톱을 자르는 것은
손바닥을 비우는 일

손톱을 깎아 멀리 버린다

붉은 감옥

눈에 거미가 머물다 가는 때가 있다
곤충에 대해 알아보았지만
붉은 실을 짜는 곤충은 눈 속의 거미밖에 없었다
눈에 걸린 풍경들 눈을 감았다 뜰 때마다
눈꺼풀에 베인 듯 따끔거린다

눈동자는 붉은 창살의 감옥이 된다
자주 눈 감고 있는 동안
아프지 않았던 생각들은 아프고
아팠던 일들은 여전히 갇혀 있다는 것을 안다
다만 깜빡거리는 동안 인공 감정 몇 방울이
눈물로 흘러 나갔다

핏줄이어서 감옥이 되는 일들은 그러려니 하는 일
한 며칠 가두어 둘 것 있으려니 하는 일
보아서는 안 될 일이 있어 자주 눈감게 하는 일이라 여기
는 일

그러므로 끊어지기 쉬운 거미줄은
잠들지 않는 포획 틀이다

몇 날이 지나도 붉은 감옥에 갇혀 있는 이것은
안쪽의 위험일까 바깥쪽의 위험일까
눈을 감으면 열선이 지나가듯 뜨거워
붉은 스위치를 딸깍 끈다
거미는 양쪽의 공중을 감옥으로 만든다

화석

―

모과는 가을의 해골 같다
길고 긴 시간의 연대를 뭉쳐 놓은 것
여름 내내 서툰 공중의 재주가
땀 뻘뻘 흘려 가며 수작(手作)해 놓은 것
모과의 일그러진 가을
고단한 일상을 탈피해 보겠다고
노랗게 색을 바꾸었다

모과는 쌀쌀한 중력의 화석
대단한 것은 자신의 화석을 끝까지
따라온 냄새에 있다는 것
냄새를 모으며 만들어진 기형으로
가장 얇고 가는 공기를 틈타는 모과의 향
간혹 발견되는 오래전 미라들은
어떤 사람의 냄새가 날까 궁금한 적이 있다
굳이 따지자면 가장 단시간
짧은 기간을 딱딱하게 굳었다 가는
계절성 화석쯤 될까

―

씨앗이 있는 역사

씨앗 속에는 아득히 먼 옛날이
꽃을 피우고 벌들과 나비로부터
채굴한 향이 모여 있다

숨을 껴안다

오늘은 흉곽이 아파
내 숨을 내가 가만히 껴안고 있다
가늘고 부드러운 숨을 골라
흉곽으로 넣어 주고 있다

흉
왠지 흉본 일이나
들었던 일들이
흉곽 속에는 웅크리고 들어 있을 것 같아
보듬듯 타이르듯 안고 있다

내 숨을 껴안고 있다 보면
숨이란 참 아픈 것들이었구나
따끔거리는 것으로 보아
삼각형이나 가시 모양 혹은
깨진 사금파리 모양이겠구나 생각한다

남을 흉본 흉과
내 귀에 닿지 않은 흉을
어쩌면 들숨으로 불러들이는지도 모르겠다

그래도 등이 아니라
앞쪽이 아파서 다행이라며
껴안아도 아픈
비밀스러운 숨을 천천히 내쉰다

길을 잃는다는 것

이십 년을 한 도시에서 살았다
헐렁한 바지를 입고 산책하던 길
이제는 저희끼리도 가끔 길을 잃는다
길에 딸린 골목 그 갈래를 모르겠다
그곳이 그곳 같아 다시 보면 또 아니다
뭐가 바뀌는지 모르겠지만
매일 바뀌는 것은 멈추지 않는다
지구대에 찾아온 할머니 한 분
길을 잃자 모든 것을 잃어버렸다
어디서 살았던 기억
태어난 곳과 집도
묻는 곳마다 모른다고 하신다
젊은 날 첫 아이의 기억
손이 닿는 곳에서 따 먹었던 대추와 홍시
처음으로 맞닥트렸던 슬픔
자기가 낳은 자식도 기억에 없다
유일하게 기억나는지
할아버지는 죽었다고 계속 되뇐다
길만 잃어버렸지 집은 있을 것이다
어딘가에서 발을 동동 구르거나

불 *끄*지 못하고 환하게 기다릴 것이다

길이란
우리를 피해 도망 다니는 것 같다
가고 싶던 길을 못 간 사람
자기 길을 잃어버린 사람도 부지기수다
잃어버린 길에 집을 두고 가족을 두고
매일 그 길을 오고 간다

믿는 것들

—

봄은 여름을 믿고
여름은 무성한 그늘을 믿는다
가을 억새들 힘 다 빼고
일제히 한쪽으로 휩쓸릴 때
몇 만 평 억새밭이 한 방향으로 누울 때
군락지들과 집단들의 믿음을 본다

다음을 모르면서
그다음을 믿는 일로 일 년이 지나가고
계절을 잇고 또 잇는다
주말엔 성경책을 끼고 가는
저 구부정한 옆구리들은
자신이 한 번도 경험해 보지 못한
죽음을 철저히 믿고 있는 것이 분명하다
명백해서 믿는
그런 일들이 귀해졌다
적당하면 믿어 주고 믿어 달라는 듯
바람은 또 푸른 것들을 몰고
겨울 쪽으로 기울어진다

—

30

봄이 오는 일 여름이 오는 일
믿지 못할 아무런 이유가 없다고
또다시 다음 계절을 믿는다
숨을 믿는 일 어리석은 일이라고
입버릇처럼 말하면서
급할 때마다 숨을 고르고
또 다급하게 몰아쉰다

폴리 혼방

참다랑어를 가르면
언뜻 먼바다의 찬 물살에 못 이겨
겹겹이 껴입은 흰 지방질, 마치
폴리 혼방 내의 같다

겹겹의 보온성 물과 물 사이의
덧문 같은 지방질을 껴입고 참다랑어는
물살보다 빠른 물고기가 되었다

차디찬 찬물을 견디려면
이 정도는 껴입어야만 한다는 듯
몇 벌 보온성 자구책이지만
그 사이사이들이란 또 얼마나 부드러운지
한겨울 쌀쌀한 입맛들 녹이는
참치집에서도 비싼 부위다

옷을 입지 않고 견뎌 온
인간의 역사엔
따뜻함에 앞서 무감각이란 의복이 절실했듯
깊은 감각은 안쪽에

지금도 몇 겹으로 두고 있다

물컹 씹히는 무감각의 맛
몇 점 오호츠크 해역의 겨울을 맛본다
그것은 겹겹의 파도 맛이고
항진하는 물속의 맛이다

장 씨

허풍쟁이라고
뒷말을 끌고 다니던 장 씨
툭하면 도깨비 무용담 즐겼다
느티나무 밑에서 얼큰한 씨름 끝에 도망쳤다는
도깨비 알고 보니 빗자루
그때부터 허리엔 빗자루 하나 들어앉아
궂은 나이를 쓸어 대는지
허리가 아팠다 했다
소를 판 돈 우전 거리에서 모두 날리고
시침 뚝 절세미인 도깨비가
쓰리꾼처럼 가져갔다고도 했다

부지깽이도 되었다가 빗자루도 되었다가 굴러다니는 달
걀 도깨비 도깨비를 만난 사람마다 형태와 이야기는 모두
다르지만 무엇 하나 놀라울 일이 없던 그날이 그날인 사람
들이 신명 나게 쏟아 놓던 뒷얘기들

뿔이 나고 눈이 외짝이고
무엇 하나 제대로 갖추지 못한 허상들
잘난 것 없고 무지했던 사람들의

친근한 무용담이 아닐까
아무리 허풍을 떨어도
확인할 수 없는
도깨비 같은 이야기들

제2부

속을 모르겠다

고구마를 구우며
젓가락으로 찔러 보다
썩은 속을 알아차렸다
고구마는 흙 속에서
궁금하게 자라는 구근식물
무성한 줄기로 진위를 알리는 듯하지만
한편으로 속을 숨기는 방편이기도 하다
그렇게 땅속에서 안 보이게 자란 것들이
창고 속에서 상하거나 썩는다
봄이 가까워져도 눈 틔우지 않는 고구마
두둑을 넘치는 일도 물기 끝에
잔뿌리도 내리지 않겠다는 뜻이다
가끔 사람의 속도
젓가락으로 찔러 본다면
믿음 끝에 드러나는 낭패
속을 모르겠다는 말
어쩌면 당연한 말이다
그 속에 참 많은 사람이 숨어 있다

별일

별일이 많은 요즘
주위가 온통 환하다고 여긴다
별일이란 나누어진 일이고
밤하늘의 별만큼이나
다른 유영을 하고 있을 것 같아
별일을 별들의 일이라고 여긴다
별의별 일들이 많다는 건
별 뜨는 하늘만큼
맑은 날들이라고 위안으로 삼는다
간혹 꽃이 한창 피어나는 봄날
갑자기 내린 우박이 그치고
햇살이 비칠 때도 있듯
별꼴 모양의 별일들

그렇게 별의별 일들이 많다는 것은
그동안 조물주의 참견이 많았다는 뜻
보름달이 뜨고
저 무수한 별들의 참견으로
밤하늘 반짝반짝 빛나고 있지만
오늘과 어제가 맑았으므로

별일이란 무수히 떠서 빛나는 것이다

맑고 흐린 날
그 속의 바탕은 다르지 않다

오늘 밤은 별일 아니라는 듯
별이 떠 있다

사라진 목록

一

나무발바릿과에 속한 굴뚝새
12층 난간에서 한참을 울다 날아간다
근처 어딘가에 굴뚝이 서 있을 것 같다
아랫목이 흐릿해질 때쯤
아궁이 가득 군불을 받아 내던
저녁나절의 굴뚝이 있을 것 같다
열 몇 살 때부터 지금까지
오래 잊고 있던 새
그사이 굴뚝들은 멸종되어 가고 있다

굴뚝이 사라지자 나무들은 안심했겠지만
으슬으슬한 몸의 곳곳에는
군불과 아랫목이 싸늘해졌다
그러니까 나무들
아파트 공원까지 내려왔던 이유를 알 것 같다
소여물을 맹렬하게 끓이던 굴뚝
솥에서 맹물 끓이던 군불
열 식구 저녁밥을 끓여 내고
가난한 집이면 가끔 쉬기도 했던 굴뚝

그 굴뚝이 사라지자

도끼와 부지깽이가 사라지고
아랫목과 윗목이 사라지고
검게 그을린 방구들이 사라지고
굴뚝 청소부가 사라졌다

사라진 목록을 가지고 있는 굴뚝새
어둑한 저녁 하늘로 사라지던 연기처럼
옛집의 굴뚝 근처로 또 날아간다

당간지주

간혹 어떤 옛것들엔
안내문이 붙어 있다
법천사지 당간지주는
염불 소리도 목탁 소리도 지킬 일 없어
긴 그림자를 쌍으로 드리운다
천년을 하루도 쉬지 않고
그림자를 옮겼을 당간지주
그래서인지 지주도 그림자도 닳아 있다
매일 그림자를 내어놓고도
여전히 굳건한 당간지주
오전 햇살에 누운 그림자 끝
민들레가 그 옛날 번성했던
오색 깃발인 양 걸쳐진다
배후를 잃은 초입이 할 일이란 딱히 없다
뒷소문도 앞소문도 없으니
이 또한 산문(山門)이려니 한다
다만 오전과 오후를 그늘로 옮기는 일로
불사(佛事)를 전념했다면
천년이 넘는 시간 동안
두 지주 멀어지거나

좁히지 않는 일로 용맹정진했다
오랜 시간 동안 축난 돌의 부피에
또 그만큼의 이끼가 살포시 보태진다
하루하루를 세지 않았으니
쌓여 있는 것도 없다

거꾸로 울고 싶은 길

여자의 자궁 같은 길이 있다
산문까지의 길은 구불거리고 멀다
옛날 주지승은 길을 따라 삼천 번의 계절을 만나기도 했
다는 길
전생의 어떤 길 하나 필사하듯 걷는다

금기 없이 잘 살고 있지만
아무리 걸어도 제자리걸음 같다
표정 없이 쉬엄쉬엄 걷는 길이지만
모퉁이를 돌 때마다 나는 새로운 성별로 바뀔 것만 같다
풀숲에 앉아서 오줌을 눈 기억도 있고
길가에 서서 오줌 눈 기억도 있다

태초의 말씀 같은 구름의 허언(虛言)도
겹친 듯 접혀 있는 고요 속의 팽팽함으로 흐른다
기억을 걷는 순간 시간은 앞서가기 마련이다
배 속에서 나오자마자 매섭게 맞았던 기억이 떠오를 것도
같은데
매 맞지 않고도 아플 수 있다는 것쯤
알고는 있었지만

모퉁이를 돌아 나올 때 굴참나무 그늘에
후드득 물방울 떨어지는 소리
살냄새 나는 누군가의 진통이라 생각하는 길

여름 속에는

여름 속은 대부분
신맛이 난다
그곳엔 신맛을 견디는 씨앗이 있다

씨앗에선 풍덩, 물이 놀라 튀는
소리가 날 때가 있지만
빗방울은 알아채지 못한다
비는 대부분 여름의 껍질에서 밍밍해진다
언니 배 속에선 이제 막
신맛을 벗어나는 발이 생기고 있었다
태어나는 아이 중엔
여름을 흉내 내는 울음소리
바람이 묻은 어리둥절한 울음도 있지만
자두가 여름에게 바람을 물으면
꼭지라고 대답한다

자두나 살구는 씨앗이 독자들이다
수박에 씨앗을 물으면
풋풋 소리를 내뱉는다
언니는 오므린 입술로 여름을 뱉는다

으앙으앙 동그란 울음소리가
조금씩 묻어났다

같은 값

각자 다른 무(無)에서
환산으로 값이 다른 물건들
몇 개 모아서 한꺼번에 올리면
저울은 같은 값을 나타낸다

플라스틱 바구니에 담긴
알이 작은 과일도
너무 자잘해서 일일이 값을 못 매길 때
수북이 쌓아 놓으면 같은 값이 되는 것처럼
광장마다 모여든 사람들
저마다 같은 값으로 뭉쳐지고
수북이 넘치길 바라는 것인가
큰 무게도 한 번에 잴 수 있는
광장이라는 저울
확성기에서 흘러나오는
바르르 떨리거나 쩡쩡 울리며 바늘의 끝을
더욱더 뾰족하게 갈아 대고들 있다
무게들의 값은 여전히 불안해서
지나친 확신의 저 확성(擴聲)
헐값일수록 윙윙 울리는 말의 무게들

그런 광장들을 지나쳐

저기 아득한 오지의 집 한 채

어른거리는 불빛과
어둠의 꼭지가 되어 밤의 칠흑을 재는
또 다른 저울이다
어두운 사람이
그곳에 들어 한 알의 파치 같은
피곤한 무게를 더하고 있다

예상했던 일

다 자란 무는
슬쩍 잡아당기면 쑥 빠진다
이미 예상하였다는 듯
모처럼의 파란 하늘이 묻었다는 듯
무의 아래쪽은 달밤인 듯 희다

누가 시켜서 피는 꽃은 없지만
늦가을 비나 비행을 준비하는 홀씨들은
다 예상하는 일들이다
우리는 그 예상을 시간으로 쓰고
좋았거나 쓰라렸던 시절을 돌아본다
후회를 덜어 내고 회상을 소비한다

알 수 없는 앞날을 살아간다지만
모두가 예상하는 그 일을 향해
저마다의 예상까지 살아가는 일이다
본래 있었던 것들과
큰 풍파도 없이 곱게 늙은 사람일지라도
이미 다 알고 있어 꽃 피고 홀씨를 날리는 일을 따라
한해살이들을 보며 위안받는 일

어떤 예상 앞에서도 차분한
노인의 등에 업힌 손주는 아직 겪은 일이 없어
예상하는 일도 없다

분간도 모르는 한때가
자장가 속에서 서성인다

목련

교도소 운동장 수형자 노래자랑이 열렸다
저마다 잔여 형기를 품고 나와
수감 중인 고음을 쏟아 놓는다
훌쩍거리는 심산은 돌아누우면 등이 막아 주었지
오늘은 아무도 막지 않는 고성방가
유독 담 쪽으로 넘어간다

담장 옆은 나무를 심지 않는 곳
발판 같은 잔가지 하나 없는 멀찍한 높이
목련 나뭇가지 아슬아슬하게 담장 위로 걸쳐져 있다
그 끝에 꽃잎 하나 담장 밖을 피웠다

꽃잎도 탈옥하기까지는 짧은 기간
늘 준비만 하다 주저앉듯 흘러내린다
모두 한 그루로 감옥에 들어와 있는 걸 안다
하얀 목련을 부르며 눈물 흘리던 여자
갇히는 형기야 때가 있겠지만
배신은 그 형기가 강해지는 법이 아니어서
꽃잎처럼 사랑도 뚝뚝 떨어졌었다

목련이 필 때쯤 나무에 오르고 싶은 여자
위태롭게 매달린 가지 끝 꽃잎이라도
떨어질 담장 밖이 봄날이다
꽃잎은 떨어지고 담장 위
철조망에도 뾰족한 가시가 쑥쑥 돋아나고 있다

눌변

一　　오래 쓰지 않았는데
　　　말투는 여전히 삐걱거린다
　　　꼭 맞는 대답은 어디에 있나
　　　늦가을 묻는 날씨와
　　　재치 있는 나뭇잎들의 대답
　　　마중 나가거나 지나친 일들을 불러들여
　　　설명할 테이블이나 의자를
　　　마련해야지 하면서
　　　여전히 엉거주춤 서 있다

　　　호박잎은 여름내 질문만 퍼붓다
　　　군데군데 크고 잘 익은 대답을 들킨다
　　　질문엔 다 때가 있고
　　　그때를 지난 곳곳엔 늙은 호박 같은
　　　대답들이 자라고 있다는 것
　　　때를 놓치면 애호박을 잃고 만다
　　　사람들은 앞보다는 옆을 선호한다
　　　옆을 묻고 옆을 대답한다

二　　식물들은 농담이 없다

처음부터 대답 없는 질문은
피워 내지 않는다
말이 다르고 대답이 다른 건
열매가 아니라 사람이다

곰팡이의 날

식빵 모서리의
잿빛 곰팡이

최초의 빛깔은
푸르스름하게 시작되었다
그건 식빵의 유통기한이 끝났다는 뜻
끝난 날짜를 기억해
막 시작하는 곰팡이는
이젠 끝난 일에서 시작하는
새로운 일이다

늦가을 온 밭을 차지한 배추처럼
구름이 물러가는 하늘의 푸른 귀퉁이처럼

식빵의 곰팡이는 번져 간다
그러므로 끝났다는 날짜들을
함부로 구겨 버릴 일이 아니다
다시 시작되는 날들이란
어느 날짜의 끝에서 생겨나는 것
광장 같은 식빵에 푸른곰팡이들

참고 또 참았던 그 끝에서 몰려나와
함성처럼 가득 채우고 있다

유통기한의 날짜들이 스스로 감옥에 갇혀
곰팡이를 피우고 있다

벌레 도서관

벌레를 잡는 일엔
다초점 렌즈가 필요하다
책을 털면
벌레들이 우수수 떨어진다
책이 한 그루 나무 같고
흐릿한 눈은 뾰족한 부리 같다

가끔 벌레들이 꿈틀 돌아눕는 소리
도서관엔 죽은 책들이 많다
목차들은 벌레 알 같고
고딕체 제목들은 사슴벌레 같다
어떤 나무는 장기 대출 중이고
키가 높은 나무들엔 중세의 수도원 같은
새의 둥지가 을씨년스럽다
바짝 마른 벌레의 사체
만지면 부스러질 것 같은 글꼴들

콕콕 쪼아 대기만 하는
읽다 만 책은 핑계의 나무
읽던 나무와 벌레들을 대출해 간다

벌레들은 풀숲 죽은 나무들의 기록

다 읽은 책은 날개가 돋는지
겉장을 덮고 포르르 날아간다

이를테면 흙탕

봄비 맞은 나무 아래
곳곳이 꽃 떨어진 그늘이지요
한바탕 몰아친 뒤끝
만행의 흔적이지요
이를테면 꽃잎 흙탕
씨앗이라면 모를까

꽃잎과 흙탕은 상극이겠지요
얕은 그늘에 얕은 꽃잎들
누군가 나무에서 첨벙첨벙
분탕질한 뒤끝이지만
호흡을 가라앉히듯
꽃그늘들 밝아지겠지요

그러나 무슨 상관이겠어요
저 폐허 같은 화류(花柳)에도
마음 헹구는 사람들 부지기수인걸요

연분홍 낱장으로 몸 비우는
나뭇가지 상처는 붉어요

꽃그늘 밑에선 점점이 달라붙는 홑잎들
얼룩지는 얼굴이어도 좋은걸요
상춘(上春)에 무수한 탓으로
싹트고 꽃 피는 질서들이 또 어질러지겠지만
다 봄비 내린 탓이지요

웃음 고르기

웃기 싫어도 웃어야 하는 머리가 있다
누구든 그 머리에 지폐를 꽂으리라
피곤한 웃음은 살찐 생을 내려놓은
죽음에까지 깃들어 있다
여러 개의 돼지머리 웃음들
그중 다르게 생긴 머리 하나가 있다면
관절이 풀어놓은 몸들이 둘러서서
웃음에 머리를 조아린다
지폐를 꽂은 웃음에 머리를 조아리는 것은
웃음이 아직은 가장 큰
스승이기 때문일 것이다
웃음에 관해 말한 적은 없지만
쓴맛 단맛을 다 본 사람은 왜 웃음이 스승인지 안다
그런 사람만이 웃음 맛을 안다
푹 삶아진 웃음
잘 다듬어진 웃음
맛있는 웃음
결국엔 웃음이 있는 그 머리를 먹어 치운다
새우젓을 찍어 먹던 그 어떤 입도
웃음이 없겠느냐마는

절 많이 받은 웃음 한 조각 먹으면
근엄한 얼굴로 변할 것이다
웃음을 나눠 먹고 돌아서는 사람들의 등 몇 개가
다 같아 보인다

제3부

벗겨진 힘

이른 봄 텃밭을 일구다 장갑을 벗는다
벗어 놓은 장갑은 손의 모습이다

맨손으로 일하다
목장갑을 찾아 낀다
장갑 낀 손은 대담해지고
손은 힘이 세진다

삽자루 곡괭이자루 호밋자루
장갑은 자루들과 힘을 나누는 사이

한 꺼풀 손은 힘을 벗어 놓는다
한 켤레 힘을 말아 놓는다
자루들이 쉬고
손들이 쉰다

손바닥이 빨간
손의 각오
장갑을 끼자
움켜잡아야 할 것들이 늘어난다

집은 외출 중

사람이 모두 떠난
집은 여전히 외출 중이다

36.5도였던 사람이 떠나간 집이 홀로 견디는
겨울 온도는 12도
얼어 죽지 않을 만큼의 온도가
가래 끓듯 갸릉갸릉 하며
집의 배관을 돈다

마치 겨울잠에 든
동면과(科) 짐승 같은
낡은 집의 온도치고는
미지근하지만, 어쩌다 사람들 모이는 날에는
집도 제 열기를 한껏 올리는 것이다
외출 중인 빈집엔
예전의 집주인은 더 이상 오지 않는다

고양이가 놀다 가기에 적당한
집의 온도
가마솥이 걸린 부뚜막

소복소복 흰 눈이 쌓이기 좋은 장독대
목단 뿌리가
잔뜩 웅크리고 있기 좋은 온도

아직 뒤란과
앞마당과
삐걱거리는 대문이 붙어 있는
외출 중인 집

목단

목단에 비가 내린다
비는 근심이듯 내리지만
오늘은 소식이려니

어머니가 광목에 수놓던 목단
나는 몇 포기 목단을 접어
장롱 깊숙이 넣어 두었다

장독대마다 열 오르는 시기
일 년에 한 번씩 목단을 꺼내 조심스레 빤다
꽃잎이 뚝뚝 떨어지듯이
헹굴 때마다 삭은 실밥이 툭툭 떨어져
한소끔 잦아든 그리움인가 싶다

비는 얌전한 새색시같이
목단을 헹구고
하늘을 우린 목단은
색깔이 좀 옅어졌는가
장독대에 고인 빗물
목단을 빤 허드렛물치고는 맑다

너무 세게 비비면
목단은 쉽게 떨어지고 만다
생전의 어머니 어깨를 주무르듯
조심조심 목단을 빤다

목단 밑이 마냥 붉지 않은 이유다

감자

씨감자 보관 창고에서 본
식물의 동면은 가난했다

겨울이 깊어질수록
한 겹의 물기를 빼고
쪼글쪼글해지는 감자의 옷
스스로 몸체를 줄여
껍질 속으로 쏙 들어가 있는 감자
푸르스름한 추위를 넣고
아직은 때가 아니라고
잠 깨지 않는다

외딴집에 혼자 살던 노인같이
쪼글쪼글한 한 겹 걸치고
몸 밖으로 사라지는 봄을 기다리며
긴 겨울을 나고 있었다

감자는 파릇한 싹의 자양분
주름으로 감싸고 있는 봄이 되면
고개를 내밀

싹을 손질하고 있다

내게도 언제나 내 편을 드는
그런 햇빛 같은 자양분이 들어 있다

어떤 이름

—

어떤 이름에는 한 번쯤 쉬어 가는 언덕길과 삼거리 건너야 할 다리와 지붕 색깔이 들어 있다

보일러 기름 떨어져 읍내 주유소에 배달을 시킨다 도로명 주소를 말해도 삼거리를 말해도 모른다고 하다가 죽은 지 일 년이 갓 넘은 이름 하나를 대자 그제야 알겠다고 한다

죽은 사람이 시킨 기름으로
등이 따뜻한 밤

나의 이름엔 어떤 골목과 설명들이 난제처럼 붙어 있을까 골목에서 숨을 가다듬고 표정을 바꾼 날들, 그 앞에 닳아 쇳소리 내던 철 대문 하나 있었을까

술 냄새 나던 소매 끝이
아버지 이름엔 여전히 있다

이름들 속엔 동네가 있고 누구네 집 몇째가 있고 약간의 흉과 측은한 회상들이 있고 낡고 낡은 설명 하나를 길게 끌고 가는 물음들이 여전히 있다

—

아직 설명이 살아 있는
죽은 사람의 이름으로 기름을 주문하고
곧 올 봄밤을 잠시 빌려야겠다

사람의 온도

사람의 집 어디쯤
보일러 돌아가는 소리 들리고
귀뚜라미는 또 어디선가
초가을 온도를 맞추는 듯 따라 운다

오늘 밤은 유독 따뜻하다
추운 이름이 따뜻한 이름이 되는 사이엔
폭염이 지나가고 다시
쌀쌀한 날씨의 목전이 되었다는 뜻이다
어느 여름에선 발열(發熱)이 인다
한때 그 이름을 휴대용 손난로처럼
마음속에 품고 다닌 적이 있다

초가을 밤 온도를 맞추는 보일러 소리
분명 지난봄 이후 아직 보일러를 틀지 않았는데
집 어디선가 흐느끼듯 보일러 소리가 난다

빈 이름이 많아질수록
추운 사람이 되어 간다
안과 밖 중 안쪽의 발열은

이름에서 생긴다는 것을 알고 난 뒤부터
보일러 온도계를 누르듯
몇몇 이름들을 누르곤 한다

반소매와 긴팔
어느 쪽 옷을 챙겨 입을지 망설이듯
젊어 쌀쌀했던 사람
한나절이 되면 다시 후텁지근해지는 날씨처럼
짧은 환절기 같은 사람이 있다

그 방에 나타난 것들

모란이 피는 문밖을 둔 방이 있다
구석이 많았던 엄마가
비스듬한 햇살로 들렀다 가는 방
그 방은 늘 왜라는 물음으로 살아가는 방이다

엄마는 내 것
왜 모두 내게
엄마를 가지라 할까
말은 다른 세상으로 들어가고
등을 깨우고 울음이 앞서간 시간
빈방이 많은데
엄마에게 들어가 자라고 할까

너무 많은 모퉁이가 묻어 있는 얼굴
모란이 피고 지는 일을 여닫던 방
그 방에 가장 많이 나타나는 것은
그 방과 꼭 닮은 또 다른 방이었지만
모란이 핀 십자수 횃댓보가 쳐져 있었다
활짝 문 열린 채로
온갖 몽상이 경계도 없이 섞이는

우리는 서로 닮은 방에 산다

봄 한 채

부모님이 다 쓰고 간
낡은 집 틈으로 말벌들이 분주히 드나든다
살면서 봄날 다 쓰고
여름과 가을 겨울까지 쓰고 간 집
그 집 어느 구석에 아직도
봄이 남아 있어 벌들이 한철일까
보이지 않는 곳에 그들만의 성이 따로 있는 듯하다

무뚝뚝한 아버지
살뜰했던 엄마 적금 들듯
집 어딘가에 봄을 조금씩 아껴 두었던 것은 아닐까
119를 불러 떼어 내자는 말들이
벌들의 날갯짓 소리처럼 분분했지만
생전의 집주인들이 조금씩
아껴 둔 봄이려니
그냥 두기로 한다

좁은 틈 저쪽엔 지금
온갖 꽃들이 활짝 핀 봄날이
한창 만발하고 있다고 생각하니

초가을 방바닥도 미지근해진다

수상한 울음

一　어릴 때 잡아서 놀던
　　매미 한 마리가
　　내 귓속으로 들어간 적 있다
　　그때부터 나무를 쳐다보면
　　매미는 보이지 않고 귓속에서 맴맴 울었다

　　엄마가 생전에 말하길
　　상가를 돌며 대신 울어 주는
　　호곡(號哭)꾼이 귓속으로 들어갔을 것이라고 했다

　　여름에 뛰쳐나온 매미는
　　겨울까지 날아가지 않았다
　　귀에서 들리는 일정한 데시벨
　　한여름 한껏 울어 대던 소리보다
　　겨울의 깊은 울음이 춥고 무겁다

　　울음에 계절이 있겠느냐마는
　　엄마가 가끔 꿈속에서 나타나 말했다

—　나무에서 무수히 들리는 소리

황량한 벌판에 새가 지저귀고
가까운 곳인 듯 먼 곳인 듯
노랫소리도 무성하다

누군가의 이명으로 우느라
올여름에는 바쁘다

파묘(破墓)

핑계 없는 무덤은 없다지만
묘를 판 무덤 속엔
그 어떤 핑계도 없다

그리운 핑계
살아생전 걸핏하면
내가 들이대던 그 많던 핑계 같은
속이 뻔히 보이던 핑계도 없다
다만 겉이 다 사라진
살아서 지긋지긋하게 저리던 뼈만 남아 있었다

생전이 사라진 관계들
속이 없어 속엣말은 나 혼자 중얼거렸다
아무런 핑계도 없고
마디 하나 사라져도
모르는 유골은 온순했다
다만 다시 세상에 드러난 뼈들은
걸리적거리는 사연 하나쯤은 있겠지만
뼈만 남은 사연은
그럭저럭 넘기기로 했다

입다 벗어 놓은 옷가지처럼
파묘의 흔적은 꼭꼭 다시 밟아 놓는다

저승의 빈집이
이승의 빈집과 합쳐졌다

그리고 며칠 후

중고 시장에서 사 온
자주색 자개 문갑
오른쪽 서랍이 열리지 않았다
열리지 않는 일이 어디 서랍뿐인가

잠긴 서랍에서 손톱깎이를 꺼내 손톱을 깎았다
손톱이 튀는 소리에 놀라 꿈에서 깼다
꿈은 가끔 열리지 않는 생시를 열곤 하니까
대수롭지 않았다

안방과 건넌방 사이에 있던
문갑을 현관 입구 쪽으로 옮기고
가족사진을 닦아서 가지런하게 올려 두었다
가족은 열려 있으면서
닫혀
그 또한 대수롭지 않았다

양배추를 썰다 손가락 끝을 잘랐다
피가 솟는 손가락을 붙들고 응급실로 뛰었다
며칠 후 의자에 올라가 싱크대 상부 장 정리를 하고

내려오려다 허공을 디뎌 그대로 넘어졌다
정신을 잃고 응급실에 실려 갔다

그리고 며칠 후
병원 대기실에서 처음 본 여자는
내 눈 뒤에 숨어 힐끔거리는 여자에게 말했다
"집 안에 관을 모셔두고 있구먼"

그제야 열리지 않는
자주색 문갑의 오른쪽 서랍이 떠올랐다
"색시는 자주색이 안 맞아" 여자는
내 눈 속에 숨어 나를 흘겨보는 여자에게 말했다

가끔은 열리지 않는 곳에서
여러 일들이 튀어나오곤 한다

식전

ー　가물거리는 잠의 뒤끝
　　식전은 어떤 시간이었던가

　　나무들에서 검은빛이
　　흐릿하게 빠져나가는 시간
　　햇살 들기 전 연한 억새를 찾아
　　한 짐 소먹이 풀을 베어 오는 아버지의 시간
　　밭고랑이 훤해지는 할머니의 시간
　　아침 연기 올리는 굴뚝의 시간
　　두런두런 잠결에 들리던
　　냇물 건너 노인의 죽음
　　갓 태어난 누구네 집 송아지 이야기
　　이런저런 간밤의 일들이
　　아버지 장화에서 쏟아져 나온다
　　양말에 덕지덕지 달라붙은 검불처럼
　　햇살이 묻지 않은 축축한 이야기들
　　선선하고 나직하게
　　꿈결 반 생시 반의 말을 채웠다
　　밥상에 그릇들이 탁탁 차려지는 소리
ー　근처 물소리에 긴 밤의 개화를 접고 있는

달맞이꽃이 유난히 노랗던 시간

뒤집어지는 일

―

　호떡 굽는 것을 한참 봅니다 노릇노릇해진 한쪽이 맛있게 뒤집어집니다 뒤집어지는 일 저렇게 맛있는 일이면 좋겠습니다 잘 익은 한쪽 뒤집지 않고 어떻게 배길 수 있겠습니까

　누구의 속을 뒤집는 일도 저랬으면 좋겠지만 조금만 시간을 지나쳐도 새까맣게 타 버리고 맙니다

　들여다보면 뒤집어지는 일 다 때가 있습니다 어디든 다 뜨거운 불판이니까 뒤집는 일도 스스로 챙겨야 합니다 제때 뒤집어진 호떡을 한입 베어 물면 달콤하고 맛있습니다 제때 뒤집었기 때문입니다 그런 일들의 속엔 달고 단 꿀이 들어 있습니다 꿀 참 뒤집어지게 달지요

―

체념

구십이 넘은 노인은
말끝이 모두 체념입니다
아무리 난제인 말끝에도
단칼에 체념이 등장합니다
체념이란 집에서 가장 힘이 셉니다
우리는 그때마다 고개를 끄덕입니다

어찌 보면 체념의 끝은
둥글게 닳아 있습니다
오래 굴러온 돌이 동그랗듯
그 자리는 늘 불안하고
노인은 체념을 꼭 잡은 것이 분명합니다

곤란한 일을 저지르면 나를 보고 동생이라며
시치미를 떼고
체념을 설파 중인 노인은 여전히 동글동글
툭 치면 또르르 굴러갈 것 같지만
체념과 노인은 서로 붙어 있습니다

제4부

물을 갈다

청둥오리 몇 마리
저수지 수면을 헤엄쳐 간다
물결을 깨우듯
앞서가는
꼭짓점을 따라가다가
이내 수면은 삼각으로 벌어진다
보습을 끌고
앞으로 밭을 갈며 가는
소의 일처럼
오리들 물을 갈며 간다
처음부터 무엇을 심거나
씨를 뿌리자고 한 일은 아니어서
아무리 열심히 물을 갈아도
그 뒷일은 감감하기만 하다
하릴없는 물의 소작농처럼
갈자마자 작파다
사라진 고랑을 찾듯
가장자리에서 다시 물을 갈고 있다

방생(放生)

一   생물의 생태를 연구해 보면
      대부분 누군가 방생한 것이 아닐까
      다만 연안(沿岸)을 자처하는 보살핌이
      꼬리나 아가미의 희생이 뒤따르지만
      물고기는 물이 보모이고
      새는 공중이 보모일 것이다

      방생을 끝낸 몸들이 다시
      자신의 연안에 돈을 내고 방생한다
      더 이상 내놓을 것
      풀어놓을 것 없는 몸에는
      간절한 바람들이 있다
      물바람 좋은 바닷가
      물고기 몇 마리씩 담긴 플라스틱 통을 든
      저 허리 굽은 몸들도 알고 보면
      오늘 하루 자신의 방생 시간이다
      오랜만의 나들이들
      겨우내 몇 푼씩 모아서
      물바람 꽃바람 잔잔한 천지간에
一   방류와 방생을 즐기는

뒤늦은 몸들
화르르 한 무리 홑겹을 풀어놓는
만화방창 호시절 분분하다

오후의 어시장

주문진시장 그물망 위에
가자미가 가지런하다

꾸덕꾸덕 말라 가는 본능
대가리 없이도 일정하다

살아서 약자였던 것들은 죽어서도 약자다
흰 배를 드러내는 것
비굴한 집착은 쉽게 사라지는 것이 아니다

어차피 살고 죽는 일이
산 사람들과 죽은 사람들로
무리 짓는 것뿐
죽은 것들을 두고 산 사람들의 흥정이 왁자하다

바람 앞에 휩쓸리지 않는 것이 없다
언뜻언뜻 보이는
푸른색 나일론 그물이 물결을 탄다

물 밖 저 허리 굽은 아낙

납작 엎드려 가자미를 뒤집고 있다

너울 파도

너울 파도에 쫓겨
한 무리의 사람들이 몰려갔다
몰려간 곳이 어딘지 몰라도
깔깔거리는 사람과 무섭다는 사람들이
반반씩 섞여 있다

젖는 일이 두려운 나이
물가에 와서 물에 젖는 일이
무슨 큰 대수일까
너울 파도는 물의 끝에까지 끌고 와서야
부러지는 것이다

막다른 곳까지 몰려서
한 겹을 부려 놓고 가는 것이다

알록달록한 한 무리의 사람들도
물의 끝 땅의 끝이어서
어쩌지 못하는 자포자기를
한 번쯤 만나고 가겠다는 뜻이겠지
세상의 시름을 부려 놓고

다시 밀려가고 밀려오는 파도의 본업
다 그런 것이라고 돌아가는 뒤끝엔
항상 옷이 젖어 있는 것이지

저 물을 막겠다고 얼기설기 쌓아 놓은
방파제 테트라포드들도
기어이 한 번쯤 바다를 넘치겠다는
바다의 행락을 막지는 못한다

테우

방언으로 만들어진 배
섬 안의 말들이 결착해 방언이 되었듯
삐거덕거리면서도 성실한
자리돔 잡는 어부와 테우는 많이 닮았다
배랄 것도 없는 배
전면이 물에 닿아 있으므로
풍파와 한 몸인
구상나무로 만들기 시작했다는 배
한라산의 기슭과 파란 물빛이
서로 합쳐서 봄 바다에 뜬다
자리돔은 최남단 물빛이다
무리를 지어 잡히는 물빛
흑청색 반점을 눈인 양
앞 가슴지느러미에 달고 다니는
봄의 입맛이다
차귀도에서 잡은
자리물회의 잔뼈가 물살처럼 씹힌다

멀리 육지에선 피기 시작한 보리가
물살의 소리를 흉내 내고 있다

*테우: 제주 지방에서 해녀들이 해산물을 채취할 때 사용하거나 물자 이동에 이용해 온 아주 작은 배를 일컫는 말.

온다는 말

십여 년째 혼자 사는
춘목 할머니
빗물 떨어지는 처마 밑에
찢어진 고무 대야 찌그러진 양동이
몇 년째 씻지 않은 개밥 그릇
죽 늘어놓고 있다
왜냐고 물으니
저렇게 해 놓으면
문밖에 꼭 누가 온 것 같아 좋으시단다
비가 올 때마다
퇴행성관절염을 앓는 미닫이문과 마루
엉덩이걸음으로 문턱을 넘는
춘목 할머니 처마 밑에 앉아
소란스럽게 떨어져
납작하게 흐르는 빗물을
오래도록 바라보는 게 낙이다
오고 또 오는 비
온다는 말만 줄 서 있는 장마
그저 온다는 말만 들어도 반가운데

세숫대야에 물이 튀고

들썩거려 좋기도 하겠지만
비 그치고 그득그득 고여 있는
문밖을 어떻게 감당하시려는가
한사코 들어오라는
사십 년 된 방 한 칸
눅눅한 며칠이 이미 먼저 와 있다

물꽃

별신제가 열린다는 목계 강변
물기슭에서 돌 하나 집어 물수제비를 뜬다

물에도 신경이 있다
수면에서 지면으로 돌을 삼킨 물
흐르는 물은 그 속과 겉이 다르다

작은 물집이 띠 모양으로 번져
붉은 발진을 일으킨다
물수제비 지나간 자리처럼 신경을 따라다니며 몸을 경작
한다
몸속에 오래도록 유영하던 꽃씨의 발진
뜨거운 것들은 두통으로 몰리고
몸의 어디쯤에서 뒤늦은 기미로 물집이 인다

돌이 가라앉은 자리
물의 수포가 가라앉고 끝나는 곳
돌 하나 집어 들면 젖어 있던 물의 신경들 이내 마르며
사라졌다
물꽃이 시들면

물의 상처는 빛나면서 흐른다
그즈음 여울이 방향 하나를 잡아 간다
물의 비포장도로다

몸속에서 돌 밟는 소리를
목계 강변에 두고 왔다

물의 시속

一   샛강이
     겹겹의 추위를 껴입으며 언다
     가장자리로부터 뒷걸음치는 물소리
     겨울엔 물의 중심을 쉽게 찾을 수 있지만
     샛강의 중심이란
     한없이 미끄러워서
     넘어지지 않고서는 건너기 어렵다
     미끄럽다는 것은 물의 속도 같은 것
     돌들과 비늘 없는 물고기들의
     미끈거리는 등은
     물의 시속(時速)이다
     온통 흐르는 시속에서 벗어나
     물은 꽁꽁 얼어 겨울 동안 쉰다
     겨울은 지류들이 쉬는 계절
     자갈만 한 돌을 포란하던
     꼬마물떼새들도 덩달아 쉰다
     여름내 비릿하던 기슭들에
     들뜬 얼음들이 구멍 난 햇살을 들인다
     물의 중심엔 아슬아슬한 숨구멍이 있다
─   가수면에 든 물고기들

110

바위에도 온기가 도는지 모두
돌 밑을 파고든다
겨울엔 모두 밑을 자처하고
빠른 물살은 겨울에도 바빠
가장 얇고 투명한 물만 언다

축산항

　풍랑의 전조들이 정박해 있다 우산을 펼치면 바람이 빼앗아 쓰고 달아난다 배들의 밑바닥은 술에 취한 뱃사람들처럼 흥을 두고 저희끼리 출렁댄다 길가에 내놓은 의자에 비바람이 흥건하게 앉아 있다

　여자가 타고 가는 스쿠터의 엔진 소리에서 피는 매화도 스산하다 이곳에 부슬비가 내린다면 먼바다에서는 폭풍우가 친다고 그물 깁는 할머니가 일러 준다

　거대한 물고기처럼 포구엔 비린내가 유유하다 바짓단에 묻은 이 축축한 심정들 몇 벌의 젓가락이 식구를 따라 매일 바뀌고 엘리베이터를 오르내리며 옷가지들을 트렁크에 꾹꾹 눌러 담듯 입 밖의 말들이 입속에 쌓인다

　방파제 끝 빨간 등대까지가 목적지 방파제를 넘는 세찬 파도 소리 수없이 돌아섰던 길목처럼 입구는 쇠사슬에 묶여 있고 파도 혼자 노래 속 항구를 서성인다

―

말라 간다

울릉도 어디쯤에서
마르고 있는 오징어를 만났다
오징어는 물에서 한생
물을 삼키던 내장을 버리고
그까짓 바람과 햇볕은
내장 없이도 삼키고 뱉을 수 있다는 듯
빨랫줄 위에서 질겨지고 있다
불과 며칠 전에도 질긴 바람이
질겅질겅 지나간 바닷가
바람보다 더 질겨지기 위해 말라 간다
질긴 것들만큼 견디기 좋은 것은 없다
물 만난 물고기들처럼
바람 만난 오징어들에
바람살 들어찬다

축에 꿰인 마른오징어는
죽은 듯 잠잠하지만
불 위에서 다시 한번
꿈틀 제 몸을
움츠린다

북어

명천에 사는 태(太)씨 성을 가진
어부가 잡았다 해서 명태라고 불리는 물고기
명태 동태 생태 또는 북어
냉해 어종 북어
북쪽에 사는 물고기
이 밤을 한 그릇 국밥처럼
담백하다고 말하면 왠지 불안하다

한반도 이남에서는 멸종된 물고기
이름만으로 여전히 떼를 지어 다니는
명태 혹은 북어를 생각하면
망령 같은 이데올로기
망명한 물고기
오호츠크 어디쯤으로
옛날 우국지사들이 숨어들었던
그 일처럼
양쪽을 버리고 망명한 어종

왜 이데올로기는 멸종되지 않을까
두꺼운 코트를 입고

중절모를 쓰고
어느 허름한 뒷골목 식당에 앉아
살을 발라 먹어야 할 것 같은

달의 시간

해남 송지면 대죽리에는
매일 한 시간씩 느려지는 달이 있다
달은 밤의 섬
한낮의 달은 어디엔가 숨어 있어
아무도 없는 한밤중에
열렸다 닫히기도 한다

등 굽은 할머니가
낡은 양동이를 들고 바지락을 캐러 나온다
할머니에게 물 들어오는 시간을 물으면
아직 달은 먼 곳에 있다고 한다

반으로 갈라지는 바닷길
바지락도 하루에 두 번 갈라지고
검은 달이 완두콩 갈라지듯
반으로 갈라질 때가 있고
환한 쪽은 이곳의 밤
하늘에 떠 있고 검은 쪽 달은
어느 낮의 지명에 꼭꼭 숨어서
애꿎은 물이나 갈라놓고 있을까

곧게 길이 난 바다의 등과 달리
바지락 등을 닮아 굽어 있는 할머니
하루에 두 번 갈라진다는 것을 배운
등이 굽어지는 시간이다

아직도 썰물과 밀물을 앓고 있는 여자와
더 이상 썰물을 앓지 않는 여자가
바다를 본다

겨울 강

사람 하나 설득하러 갔다가
되돌아오는 길
잠시 차를 세우고 강 가장자리를 서성거린다
이곳에서부터 물은
꽁꽁 얼어 갔을 것이다
빠지면 발목 하나 적실 만큼의
깊이부터 얼어 갔듯
서로 마음이 얼어 간 사람
발목 하나 녹이지 못할 때
강가에 얼어붙은 신발 한 짝
어쩌면 하루가, 일 년이, 계절이
지긋한 설득 뒤끝의 일들이 아닐까
얼음이 녹고
우리는 또 까마득한 관계로 출렁이겠지만
여기서 저 물소리 나는
한복판까지는 멀고도 멀다
가만가만 몇 발짝을 내딛다 말고
지난밤 한파에도 얼지 못하고 있는
강의 복판을 보면서
멀고 먼 사람의 여지를 생각했다

물소리 하나의 설득을
저 복판은
오래 듣고 있다

같은 날의 꽃

비 오는 날
낡은 슬레이트 지붕을 따라
화분들 옹기종기
물골에 맞춰 놓여 있다

뚝배기에 심어진 꽃
찌그러진 냄비에 심어진 꽃
스티로폼 박스에 심어진 매운 고추 한 포기
비 오는 날을 맞아
일렬로 빗물 외식 중이다
같은 물 같은 흙에 심어졌어도
본분은 다르다

버려진 그릇마다
꽃 피우고 싶은 초여름
동그랗게 말린 마른 슬픔에서
자꾸 마른날 불화가 긁히는 소리가 난다
돌보는 일을 진작 멈춘 노구는
사소한 일년생 화초들만 돌보지만
자신이 자신을 돌보는

저 급급한 퇴행

작은 그릇에 담긴 흙 속에서 찾아낸
몽우리 하나에서 꽃 피길 기다리는 연분홍 봉숭아와
처마 밑 마루 끝 울적한 청승이
화분처럼 쭉 앉아 있다

같은 날의 같은 꽃
주인과 애완(愛玩)으로 곤궁하다

이종(異種) 군락지

송현지(문학평론가)

　좋은 시인에 대해 이야기할 때 관찰력은 그가 갖는 주요
한 미덕으로 흔히 거론되곤 한다. 대상을 자세히 살펴본
후에야 다른 이들이 보지 못한 부분을 발견할 수 있다고
믿기 때문일까, 세상의 비의(祕義)는 밝은 눈을 통하지 않고
는 좀처럼 드러나지 않는다고 여기기 때문일까. 정확하게
하나의 이유를 들기는 어렵지만 이러한 잣대는 이서화의
경우에도 마찬가지여서 그간 이서화가 펴낸 세 권의 시집
들에 함께 수록된 해설들이 각기 세심히 다룬 것 역시 세
계를 관찰하는 그의 태도였다. 그의 시를 통해 "시의 기본
이 관찰력과 상상력의 소산임을 다시 한번 확인"했다는 직
접적인 언급(이흥섭)만이 아니더라도, "온몸의 신경을 집중시
키는 감각적 사유의 용기"에 의해 이서화의 문장이 써졌다
는 설명(박성현)이나 관찰에 필수적으로 수반되는 긴 시간 동
안의 인내를 나타내듯 그가 "내면이 무르익기를 기다리"고

난 후 비로소 시를 썼다는 서술(정재훈) 등이 그러하다.[1] 그런데 이번 시집 『누가 시켜서 피는 꽃』의 경우 그의 관찰하는 행위에 주목하여 시의 좋음을 가리키는 일은 어쩐지 조심스럽다. 이서화는 여전히 관찰자로서의 탁월한 역량을 드러내지만, 사물이나 현상을 자세히 살펴본다는 '관찰'의 사전적인 의미를 생각해 볼 때 이 말은 이번 시집이 품고 있는 너른 세계를 가리키는 데 어울리지 않는 것처럼 여겨지기 때문이다.

이러한 판단은 무언가를 오래 관찰하며 깊이 파고드는 이가 너른 시야까지 확보하기란 상대적으로 어려우며, 아무리 살펴보는 범위를 넓힌다고 하더라도 결국 '나'의 눈으로 세계를 바라보는 한 그 너머로 나아가기 어려우리라는 추정을 근거로 삼는다. 하지만 결론부터 말하자면, 이서화는 이번 시집에서 두 가지 일을 동시에 해낸다. 그러니까 그는 관찰하는 자이지만 자신이 보는 세계에만 갇혀 있지 않으며, 그의 시는 미시적인 세계와는 거리가 멀다. 아니, 『누가 시켜서 피는 꽃』에서 그가 다루는 유달리 넓은 세계는 오히려 대상을 오롯이 바라보는 일에서부터 비롯된다고 말하는 것이 보다 정확한 설명일지 모른다. 이런 일은 어떻게 가능한가.

---

1 이 문장들은 다음 글들에서 차례로 가져온 것이다. 이홍섭, 「울음과 조율, 그리고 탑」, 『굴절을 읽다』, 시로여는세상, 2016; 박성현, 「'무심함'의 시선, 혹은 일상에 대한 명징한 직관들」, 『낮달이 허락도 없이』, 천년의시작, 2019; 정재훈, 「먼지와 시, 그리고 날씨에 관한 구매 후기」, 『날씨 하나를 샀다』, 여우난골, 2021.

방언으로 만들어진 배

섬 안의 말들이 결착해 방언이 되었듯

삐거덕거리면서도 성실한

자리돔 잡는 어부와 테우는 많이 닮았다

배랄 것도 없는 배

전면이 물에 닿아 있으므로

풍파와 한 몸인

구상나무로 만들기 시작했다는 배

한라산의 기슭과 파란 물빛이

서로 합쳐서 봄 바다에 뜬다

자리돔은 최남단 물빛이다

무리를 지어 잡히는 물빛

흑청색 반점을 눈인 양

앞 가슴지느러미에 달고 다니는

봄의 입맛이다

차귀도에서 잡은

자리물회의 잔뼈가 물살처럼 씹힌다

멀리 육지에선 피기 시작한 보리가

물살의 소리를 흉내 내고 있다

— 「테우」 전문

  '테우'에 대한 관찰에서 시작되는 이 시는 그 방법론의
일면을 엿볼 수 있는 하나의 입구다. 테우는 제주에서 해

산물을 채취할 때 주로 사용되는 아주 작은 배인데 시인은 가장 먼저, 이것이 움직일 때마다 내는 소리를 유심히 듣는다. 이 소리가 테우와 같이 아주 작은 배에서만 나는 성질의 것이어서였을까. 그는 이 소리에서 소수인 제주도민이 사용하여 더욱 독특하게 들리는 제주의 '방언'을 떠올리고는 테우를 "방언으로 만들어진 배"라고 가리킨다. 그다음 그의 시선은 이러한 방언을 사용하는 테우 위의 어부에게로 쏠린다. 자리돔을 잡고 있는 어부를 그는 테우와 나란히 놓아두고는 그들이 "삐거덕거리면서도 성실한" 점에서, "풍파와 한 몸인" 사실에서 닮아 있음을 발견한다. 여전히 테우에서 시선을 떼지 않은 그는 이제 그것의 소재에 대해 골똘히 생각하며 시간을 보낸 듯 한라산에서 자라는 구상나무로 테우가 만들어졌다는 사실을 헤아려 본다. 눈여겨보아야 하는 것은 그가 이때 서로 떨어져 있는 "한라산의 기슭"과 제주의 바다를 금세 한자리에 모은다는 사실이다. 동떨어진 두 세계가 이처럼 작은 연결 고리로 이어진 경험에 힘입은 듯 연결의 상상은 '자리돔'과 '봄', 그리고 "피기 시작한" '육지'의 '보리'를 잇는 데까지 나아간다. 시는 바다에 떠 있는 아주 작은 배에 대한 정밀한 관찰에서 시작하여 이를 한라산은 물론, 제주 너머 육지에까지 이으며 점층적으로 세계를 확장해 가는 것이다.

　이때 확장되는 것은 물론, 풍경만은 아니다. 바다 물살의 움직임은 테우의 들썩임과 그 위에 타고 있는 어부의 흔들림, "자리물회의 잔뼈"를 씹을 때의 저작 근육의 움직임,

보리의 나부낌과 그로 인해 발생하는 소리와 서서히 합쳐
지며 강렬한 감각 군(群)을 형성한다. 이에 따라 풍경에 대
한 잔잔한 표면적 서술과 달리 시를 읽을수록 우리가 경험
하게 되는 것은 점차 풍성해지는 감각이다. 이는 그가 세
계의 어느 부분을 섬세하게 관찰한 후 그 부분과 유사한
또 다른 부분을 이에 접붙이고, 그것에 또 다른 부분을 잇
는 방식으로 쓰며 시의 세계를 확장하기에 가능하다. 이것
이 이번 시집에서 이서화가 보여 주는 가장 특징적인 시작
법이라 할 때, 그의 관찰은 대상들을 서로 접붙이는 근거
를 찾는 행위이자 시적 세계를 확장할 수 있는 바탕으로
오히려 작용하는 것이다.

*

　그런데 이러한 설명만으로는 자칫 이서화의 시 세계가
유비로만 이루어졌다거나 유사한 감각들이 포개지는 방식
으로 써졌다고 단순화할 여지가 있다. 세계의 여러 부분들
을 유사성이나 근접성을 근거로 재조합하는 방식으로 그
의 시가 작성되었다고 할 때, 모두 '나'의 시선으로 포착된
각각의 부분들을 모아 합친 세계란 결국 전체를 자신의 방
식대로 나눈 후 이들을 새로이 연결해 놓은 것에 지나지
않으며, 시에서 다루는 세계란 그가 손에 쥐고 있는 대상
의 확장판에 지나지 않은 것이 아닌가를 의심할 수 있다는
말이다. 그러나 이서화 시에서 '부분'들은 매릴린 스트랜선

이 '메로그래픽(merographic)'이라는 새로운 용어를 만들면서까지 가리킨 것과 유사하게, 전체 중 일부가 아니며 부분에 대하여 기술하는 순간 전체와 별개의 부분이 된다.[2] 다시 말하자면 부분과 부분의 합을 통해 그는 매끄러운 '총체적인 전체'로서의 세계를 형성하고자 하는 것이 아니라, 부분들이 연결된 후에도 서로에게 환원되지 않는 부분을 남김으로써 이러한 연결이 계속해서 이어지도록 한다.

> 모과는 가을의 해골 같다
> 길고 긴 시간의 연대를 뭉쳐 놓은 것
> 여름 내내 서툰 공중의 재주가
> 땀 뻘뻘 흘려 가며 수작(手作)해 놓은 것
> 모과의 일그러진 가을
> 고단한 일상을 탈피해 보겠다고
> 노랗게 색을 바꾸었다
>
> 모과는 쌀쌀한 중력의 화석
> 대단한 것은 자신의 화석을 끝까지
> 따라온 냄새에 있다는 것
> 냄새를 모으며 만들어진 기형으로
> 가장 얇고 가는 공기를 틈타는 모과의 향
> 간혹 발견되는 오래전 미라들은
> 어떤 사람의 냄새가 날까 궁금한 적이 있다

---

2 메릴린 스트래선, 『부분적인 연결들』, 차은정 역, 오월의봄, 2019.

굳이 따지자면 가장 단시간

짧은 기간을 딱딱하게 굳었다 가는

계절성 화석쯤 될까

씨앗이 있는 역사

씨앗 속에는 아득히 먼 옛날이

꽃을 피우고 벌들과 나비로부터

채굴한 향이 모여 있다

ㅡ「화석」 전문

　‘모과’와 ‘해골’, ‘미라’, ‘화석’, ‘씨앗’을 연결하는 이 시
의 서술 방식이 대표적이다. “모과는 가을의 해골 같다”라
는 첫 행의 비유는 일차적으로는 서로 이질적인 대상들을
잇댈 때 발생하는 충격을 하나의 효과로 생성하지만 그것
이 전부는 아니다. 보조관념인 ‘해골’에 뒤이어 ‘미라’, ‘화
석’과 같은 죽음의 이미지가 잇따라 제시되며 ‘해골’은 원
관념인 ‘모과’의 외양을 나타내는 데 온전히 소비되지도 않
는다. ‘모과’의 강렬한 향을 다시 ‘해골’과 ‘미라’와 연결하
여 여기서 풍기는 죽음의 냄새를 상상하는 데까지(“간혹 발견
되는 오래전 미라들은/어떤 사람의 냄새가 날까 궁금한 적이 있다”) 시는 나아
간다. 이로 인해 “벌들과 나비로부터/채굴한” ‘모과’의 ‘생
(生)의 향’과 ‘화석의 냄새’, ‘미라의 냄새’와 같은 ‘죽음의 냄
새’가 시에 나란히 놓인다. 어느 작은 열매에 대한 지긋한
관찰은 생의 이미지와 죽음의 이미지라는 상반된 두 항을

시각적으로도 후각적으로도 시에 병렬하게 했고, 그로 인해 시는 산 자와 죽은 자, 삶과 역사 등을 넘나드는 보다 확장된 인식의 지평으로 우리를 이끄는 것이다.

　대상을 꼼꼼하게 뜯어보고 이를 해체하여 어느 부분을 다른 존재와 잇는 서술 방식을 그의 시작법이라고 정리한다면, 그 대상은 비단 존재들만이 아니라 언어가 되기도 한다. 가령, '흉곽'이 아파 조심스레 숨을 쉬는 상황을 다루는 「숨을 껴안다」는 가슴을 나타내는 '흉(胸)'을 '흉곽'이라는 단어에서 분리하여 남에게 비웃음을 살 만하다는 뜻의 동음이의어 '흉'과 연결하는 방식으로 서술된다. 즉, 시인은 숨을 쉬는 일이 "남을 흉본 흉"과 "내 귀에 닿지 않은 흉"을 들숨으로 불러들이는 것이 아니었는가 생각하며 자신의 신체적 아픔을 이와 관련 없는 다른 이야기에 잇대는 것이다. 주목할 점은 이런 말의 운용이 새로운 인식의 발견으로까지 이어진다는 사실이다.

　　별일이 많은 요즘
　　주위가 온통 환하다고 여긴다
　　별일이란 나누어진 일이고
　　밤하늘의 별만큼이나
　　다른 유영을 하고 있을 것 같아
　　별일을 별들의 일이라고 여긴다
　　별의별 일들이 많다는 건
　　별 뜨는 하늘만큼

맑은 날들이라고 위안으로 삼는다
간혹 꽃이 한창 피어나는 봄날
갑자기 내린 우박이 그치고
햇살이 비칠 때도 있듯
별꼴 모양의 별일들

(중략)

맑고 흐린 날
그 속의 바탕은 다르지 않다

오늘 밤은 별일 아니라는 듯
별이 떠 있다

— 「별일」 부분

　이 시에서 중요하게 사용되는 '별일'이란 말은 '특별히
다른 일'을 뜻하는 단어이기에 별일이 많은 상황은 보통
긍정적으로 여겨지지 않는다. 그런데 시인이 '별'과 '일'을
분리한 후 발음이 같다는 이유에서 '별'을 '별(別)'이 아니라
"밤하늘의 별"과 연결하자 '별일이 많은 상황'은 드물고 이
상하거나 특별히 다른 일이 아니라 "별 뜨는 하늘만큼/맑
은 날"로, "주위가 온통 환"한 "별들의 일"이 가득한 좋은
날로 탈바꿈된다. 말의 새로운 배치를 통해 그는 앞선 시
에서 보았던 풍경과 감각의 확장만이 아니라 대상을 새로

130

이 인식하는 데까지 나아가는 셈이다.

*

  마치 시인의 역할이란 대상과 말을 세심히 관찰하고 해
체하여 새롭게 조합하는 자라는 듯 이번 시집에서 이서화
가 이를 적극적으로 행하는 데에는 세계의 존재들은 다
른 존재들에 닫혀 있지 않고 사실상 연결되어 있다는 생각
이 자리하는 것 같다. 「사라진 목록」에서 그가 우연히 만난
'굴뚝새'에게서 지금은 사라진 '굴뚝', '도끼와 부지깽이',
'아랫목과 윗목', '검게 그을린 방구들', 그리고 '굴뚝 청소
부'를 떠올릴 뿐만 아니라 "굴뚝이 사라지자" "몸의 곳곳"
이 "싸늘해졌다"고 감각한 데에서, '매미'의 울음이 누군가
의 슬픔을 대신 울어 주는 것이라는 '엄마'의 말을 받아 적
은 「수상한 울음」의 서술에서 이와 같은 그의 생각을 엿볼
수 있다.
  그런데 존재들의 연결에 대한 그의 생각은 여러 서정시
에서 보여 주는 대로 세계의 모두가 '한 몸'이라는 낭만적
인식에서 비롯된 것이 아니라는 점을 나는 강조하고 싶다.
그의 시에서 이러한 연결이 사실상 세계에 대한 일종의 저
항적 행위가 선행된 후 이루어진다는 점이 이서화 시의 주
요한 특징을 이룬다는 점을 말이다. 지금-이곳의 우리가
섬세하지 않은 분류에 의해 한데 묶여 있다는 사실을 고발
하는 다음의 시는 그래서, 이번 시집에서 가장 힘을 실어

읽을 필요가 있다.

각자 다른 무(無)에서
환산으로 값이 다른 물건들
몇 개 모아서 한꺼번에 올리면
저울은 같은 값을 나타낸다

플라스틱 바구니에 담긴
알이 작은 과일도
너무 자잘해서 일일이 값을 못 매길 때
수북이 쌓아 놓으면 같은 값이 되는 것처럼
광장마다 모여든 사람들
저마다 같은 값으로 뭉쳐지고
수북이 넘치길 바라는 것인가
큰 무게도 한 번에 잴 수 있는
광장이라는 저울
확성기에서 흘러나오는
바르르 떨리거나 쩡쩡 울리며 바늘의 끝을
더욱더 뾰족하게 갈아 대고들 있다
무게들의 값은 여전히 불안해서
지나친 확신의 저 확성(擴聲)
헐값일수록 윙윙 울리는 말의 무게들
그런 광장들을 지나쳐

저기 아득한 오지의 집 한 채

어른거리는 불빛과
어둠의 꼭지가 되어 밤의 칠흑을 재는
또 다른 저울이다
어두운 사람이
그곳에 들어 한 알의 파치 같은
피곤한 무게를 더하고 있다

—「같은 값」 전문

"값이 다른 물건들"이지만 이를 "몇 개 모아" 저울에 올리면 '같은 값'을 나타내는 것과 마찬가지로, 우리는 서로 다른 가치와 성향을 갖고 있지만 그런 다름이 그다지 존중되지 않는 세계에 살고 있음을 이 시는 주목한다. 예컨대 "광장마다 모여든 사람들"은 각각의 성향과는 달리 "같은 값으로 뭉쳐지"며 하나의 뭉텅이로 취급된다는 사실을. 이러한 묶음에는 각각의 존재를 세심히 바라보며 존재를 이해하려는 시도도, 분류의 구체적인 기준도 없다는 점을. 같은 말이라도 '헐값'의 말은 "윙윙 울리는" 소리가 난다는 것을 예민하게 인지하고 있으며, 어느 "오지의 집 한 채"에 들어선 "한 알의 파치 같은/피곤한 무게"를 감지할 만큼의 섬세함을 가진 그에게 이러한 상황은 견디기 어려웠으리라. 그래서 그는 대상의 어느 부분을 세심히 바라보고, 각각의 무게와 값어치를 제대로 평가한 후 존재들 간의 새로운 연결 작업을 시작한 것인지 모른다. 말하자면 그의 연결하는 행위는 존재를 "수북이 쌓아 놓"고 '같은 값'을 매기는 세계에 저항하는 몸짓이 아닐까. 엉성하고 무심하며 폭력적인 방식으로 한곳에 묶인 존재들을 그와 같은 분류 틀에서 벗겨 낸 후, 각각을 섬세하게 따져 본 후 새로이 존재들을 조합하려는 시도.

여기에는 낭만적인 상상이 아닌 오히려 세계에 대한 비극적인 인식이 깊이 자리한다. "웃기 싫어도 웃어야" 하는 세계에서 인간들("웃음을 나눠 먹고 돌아서는 사람들의 등 몇 개")은 물론, 인간과 비인간("돼지머리")이 "다 같아 보인다"는 「웃음 고르기」의 발견은 세계 내 존재들은 모두 연결되어 있다는 선험적이며 낭만적 전제를 확인하는 것이 아닌, 비극적 세계를 살아간 끝에 다다른 귀결이라는 점에 유의할 필요가 있는 것이다. 그렇다면 세계의 폭력적 시선에 의해 만들어진 기존의 조합을 흩트리는 그의 작업은 무엇을 위한 것이며, 무엇을 가능하게 하는가.

주문진시장 그물망 위에
가자미가 가지런하다

꾸덕꾸덕 말라 가는 본능
대가리 없이도 일정하다

살아서 약자였던 것들은 죽어서도 약자다

흰 배를 드러내는 것
비굴한 집착은 쉽게 사라지는 것이 아니다

어차피 살고 죽는 일이
산 사람들과 죽은 사람들로
무리 짓는 것뿐
죽은 것들을 두고 산 사람들의 흥정이 왁자하다

바람 앞에 휩쓸리지 않는 것이 없다
언뜻언뜻 보이는
푸른색 나일론 그물이 물결을 탄다

물 밖 저 허리 굽은 아낙
납작 엎드려 가자미를 뒤집고 있다

—「오후의 어시장」 전문

　이 시에서 이루어지는 구도 변화 양상이 하나의 답이 될
수 있겠다. 시의 처음에 제시되는 '주문진시장'의 '가자미'
는 전형적인 약자와 강자의 구도를 나타낸다. "살아서 약
자였던" 가자미는 죽어서도 "흰 배를 드러내"고 인간에게
서 선택받기를 기다리고 있는 것이 우리가 익히 아는 세상
의 논리다. 그런데 시인은 이러한 구도를 금세 '죽은 자'와
'산 자'의 대립으로 바꿔 버린다("죽은 것들을 두고 산 사람들의 흥정
이 왁자하다"). 그 주요 대상은 '죽은 가자미'와 이를 구입하는

'살아 있는 사람'과의 구분이지만, "산 사람들과 죽은 사람들"이라는 또 다른 조합이 삽입됨으로써 시는 다음과 같은 여러 갈래의 조합들을 떠올리게 하는 열린 구도의 장이 된다는 점에 주목해 보자. '산 가자미'와 '죽은 가자미', '죽은 사람들'과 '죽은 가자미', '산 사람들'과 '산 가자미', 어쩌면 '산 사람들'과 '죽은 가자미' 등등. 시의 마지막 연에 제시된 "가자미를 뒤집고 있"는 "허리 굽은 아낙"이 바로 이러한 연상들이 이어지며 만들어 낸 새로운 조합이라는 점도.

살아 있지만 "납작 엎드려" 있는 이 여인은 죽은 가자미와 외양에서도 처지에서도 그리 멀지 않다는 점에서 죽은 자와 산 자, 가자미와 인간 등으로 나누는 통념적인 구분은 새로이 조정된다. 그들은 가자미와 인간이라는 다른 종이지만, 이제는 모두 '약자'라는 점에서 새로이 연결되는 것이다. 앞서 존재들을 계속해서 새로운 방식으로 조합하는 것이 이서화의 시 작법이라고 한 것을 떠올려 본다면, 이런 방식이 어떤 구도를 고정하지 않게 한다는 점에서 결국 이와 같은 시 쓰기는 존재들 간의 구분을 무효화시키는 데까지 나아가게 할 것임을 짐작할 수 있다.

이처럼 서로 다른 존재들 간의 연결 고리를 찾아 이들을 새로운 방식으로 모은 그의 시를 '이종(異種)의 군락지'라고 가리켜 보면 어떨까. 같은 생육 조건을 갖는 식물이 무리를 지어 함께 자라는 서식지를 가리키는 '군락지'라는 말에는 사실상 여러 종이 모여 있다는 의미가 내포되어 있음을 모르지 않지만, 이질적인 존재들을 새로이 한데 모은 그의 시작법을 강조하기 위해, 서로 다른 존재들이지만 그들이 그의 시에서 동등하게 한자리에 같이 모여 있다는 점을 강조하기 위해, 나는 '이종(異種)'이라는 말을 이에 굳이 덧붙이고 싶다. 그가 마련한 너른 군락지에서 우리가 느끼는 것이 다른 존재들과의 연결감이라는 점을 생각해 보자. 우리와 전혀 닿아 있지 않다고 생각했던 이들과 닿아 있다는 감각, 우리가 사실은 "서로 같은 처지"라는 발견(「세상의 군락지」), 그것은 다른 존재를 연민 어린 시선으로 바라보게 하는 조금은 너른 품을 우리에게 선사한다. 이때, 시인이 여러 연결점을 마련하며 존재들을 또 다른 존재들과 계속해서 이어지게 하는 여지를 마련한다는 사실은 다시 중요하다. 이러한 무한한 이어짐으로 그의 세계는 전체를 가늠할 수 없을 만큼 점차 커지며, 시를 통해 우리가 수평적으로 연결될 수 있는 존재들 역시 더욱 많아지기 때문이다. 이와 같은 역동적인 연결의 힘과 확장력이 그의 시에 잠재되어 있기에 그의 시집은 긴 여운을 남긴다.